Les cent mensonges
de Vincent

Nicolas de Hirsching, d'origine russe, est né à Buenos Aires en 1956. Il arrive en France à l'âge de sept ans. Comme il aime le danger et les choses bizarres, il choisira plus tard le métier d'instituteur. Parallèlement, il écrit des contes et des livres pour enfants, et ses élèves sont souvent son premier public. Ses histoires ont été publiées chez Gallimard, aux Éditions de l'Amitié, chez Rouge et Or, et chez Bayard Éditions.

Du même auteur dans Bayard Poche (J'aime lire) :
Le mot interdit - Treize gouttes de magie -
L'atroce monsieur Terroce - La sorcière habite au 47 -
La mission d'Amixar - Père Noël Maboul -
Le Royaume des fumées - Sauvons la maîtresse -
La marelle magique.

Claude et Denise Millet ont fait leurs études aux Arts décoratifs de Paris. Depuis, ils dessinent pour la publicité, la presse et l'édition. Ils publient leurs ouvrages aux éditions Hachette, Gallimard, Bayard et travaillent aussi régulièrement pour Bayard Presse.

Dans Bayard Poche, Claude et Denise Millet ont illustré :
La rentrée des Mamans - Les trois fils du fermier -
Rosalie, Sidonie et Mélanie - Ma maman a besoin de moi -
Un petit loup de plus - Fiston, le petit roi de l'étang
(Les belles histoires)
Berlingot a disparu - La charabiole - La marelle magique -
Les Pâtacolors, j'adore (J'aime lire)

© Bayard Éditions, 1996
Bayard Éditions est une marque
du département Livre de Bayard Presse
Tous droits réservés. Reproduction même partielle interdite.
ISBN 2. 227. 72716.0

Les cent mensonges de Vincent

**Une histoire écrite par Nicolas de Hirsching
illustrée par Claude et Denise Millet**

Troisième édition

BAYARD ÉDITIONS

1

La dame au chapeau

Comme tous les jours, Vincent et sa sœur Léa rentrent ensemble de l'école. Et comme d'habitude, ils ne sont pas d'accord. Léa répète pour la cinquième fois :

– Non, non et non ! On doit toujours dire la vérité.

Vincent lève les yeux au ciel :

– N'importe quoi ! Un mensonge de temps en temps, ça peut éviter bien des problèmes.

— Pas du tout ! Si on dit les choses gentiment, les gens comprennent qu'on ne veut pas se moquer d'eux.

Vincent hausse les épaules. Soudain, il aperçoit une vieille dame qui s'apprête à rentrer chez elle. Il la montre à Léa :

— Tu vois la grand-mère, là-bas, avec son chapeau ?

— Il est affreux, pouffe Léa. On dirait un vieux chewing-gum ramolli !

— Eh bien, va lui dire, puisque c'est la vérité !

Léa regarde son frère avec un air de défi :
– Parfaitement ! Je vais y aller ! Et elle ne se vexera pas, car je lui dirai gentiment.

Léa s'approche de la vieille dame. Vincent veut la retenir, mais trop tard ! Sa sœur a déjà commencé à parler :

– Excusez-moi, Madame ! Je ne voudrais pas vous vexer, mais il est vraiment affreux, votre chapeau ! On dirait que vous l'avez trouvé dans une poubelle !

À ces mots, le visage de la vieille dame se transforme. Sa bouche se plisse comme un chiffon et ses yeux lancent des éclairs :

– Par les cornes de Belzébuth ! glapit-elle en prenant Léa par le manteau. Qu'est-ce que tu as dit, misérable puce ?

Léa se met à bafouiller :

– Ne vous fâchez pas, Madame ! Je dis la vérité pour que vous n'ayez pas l'air ridicu...

– Tu vas te taire ! ordonne la vieille dame d'une voix grinçante. Par les démons de l'enfer, je vais t'apprendre à être polie, moi !

Et voilà la vieille dame qui soulève Léa d'une seule main. Les pieds de Léa flottent à quelques centimètres du sol...

– Lâchez-la, M'dame ! crie Vincent. Elle est petite, elle dit n'importe quoi !

La vieille dame repose Léa et se tourne vers Vincent :

– Ah oui ? Eh bien, moi, je vais lui apprendre à se taire, à cette gamine ! Foi de sorcière !

Et elle rentre chez elle en claquant la porte.

Vincent prend sa sœur par la main et il l'entraîne en courant. Cent mètres plus loin, il s'arrête pour reprendre son souffle.

– Ah ! Bravo ! Elle a drôlement apprécié que tu lui dises la vérité, la grand-mère !

Léa se renfrogne :

– Peuh ! Tout ça pour un chapeau ramollo !

– Et tu as entendu ce qu'elle a dit ? « Foi de sorcière ! » C'en est peut-être vraiment une ?

Léa hausse les épaules :

– Tu parles ! Les sorcières, ça n'existe pas !

– N'empêche, elle t'a soulevée comme une plume ! Bizarre, non ?

– Et alors ! Ça ne veut rien dire. Elle était costaud, voilà tout !

2

Un pacte avec la sorcière

Le lendemain, c'est mercredi. Les parents de Vincent et Léa sont déjà partis au travail quand le réveil sonne.

Vincent se lève pour regarder son émission préférée, « Salut les Martiens ». En passant devant la chambre de Léa, il appelle sa sœur :

– Hé, debout Léa ! L'émission va commencer !

Mais Léa ne répond pas.

« Elle est sourde comme un pot, ce matin ! » se dit Vincent.

Il entre dans la chambre, il s'approche du lit et... il pousse un cri d'horreur : sa sœur est entièrement recouverte de champignons !

Le cri de Vincent réveille Léa. Elle grogne :
– Qu'est-ce qui se passe ?

Puis elle aperçoit ses mains recouvertes de champignons.

– Vincent ! Au secours ! Mais qu'est-ce qui m'arrive ?

Léa se précipite devant le miroir et, en se voyant, elle se met à pleurer :

– Je suis affreuse ! Un vrai monstre !

Alors Vincent comprend tout.

– Ça, c'est un coup de la vieille dame ! Je t'avais bien dit que c'était une sorcière !

Léa sanglote de plus en plus fort :

– Eh bien, va lui dire de me les enlever ! Vas-y, Vincent, je t'en prie ! Je ne veux pas rester comme ça !

Vincent soupire, mais il ne peut pas laisser sa sœur dans cet état. Alors, il s'habille à toute vitesse et il file chez la sorcière.

Cinq minutes après, il arrive devant la maison de la vieille dame. Il reprend son souffle, puis il sonne. La porte s'ouvre. La vieille dame est là, avec ses petits yeux perçants. Elle le salue avec un drôle de sourire :

– Bonjour, mon mignon ! C'est gentil de me rendre visite ! Entre donc !

Vincent n'est pas rassuré, mais il obéit. À l'intérieur, tout est noir : les murs, le plafond,

les meubles, même les fleurs. La sorcière fait asseoir Vincent sur un canapé.

— Alors, mon trésor, que veux-tu ?

Vincent explique d'une traite :

— C'est pour ma sœur, Madame ! Il faut absolument qu'elle redevienne normale ! Elle dit souvent des bêtises, mais ce n'est pas sa faute, elle est petite !

La sorcière s'assoit à côté de Vincent :

— Petite, peut-être ! Mais ce n'est pas une raison pour être mal élevée !

Puis elle le secoue par le bras :
— Sais-tu combien elle a de champignons, ta sœur ?
— Non !
— Elle en a cent ! Hi ! Hi ! Une vraie récolte ! Si elle veut s'en débarrasser, elle n'aura qu'à faire cent mensonges dans la matinée ! À chaque mensonge, un champignon disparaîtra. Voilà qui lui apprendra les bonnes manières !

Vincent proteste :

— Mais c'est impossible ! Elle ne peut pas sortir dans cet état.

La sorcière se penche vers lui :

— Alors, faisons un marché ! Tu te chargeras des cent mensonges. Cent mensonges à cent personnes différentes ! Attention, cent tout rond ! S'il y en a un en trop ou en moins, toi et ta sœur, vous resterez vingt ans à mon service ! Mais si tu réussis... Hi ! Hi !

— Si je... si je réussis ? bafouille Vincent.

– Si tu réussis, je veux bien être changée en lampadaire. Il est neuf heures, je te donne jusqu'à midi, pas une minute de plus ! Marché conclu ?

La sorcière tend la main. Vincent hésite, mais il faut à tout prix qu'il sauve sa sœur. Alors il serre la main de la sorcière en la regardant droit dans les yeux et il dit :

– Marché conclu !

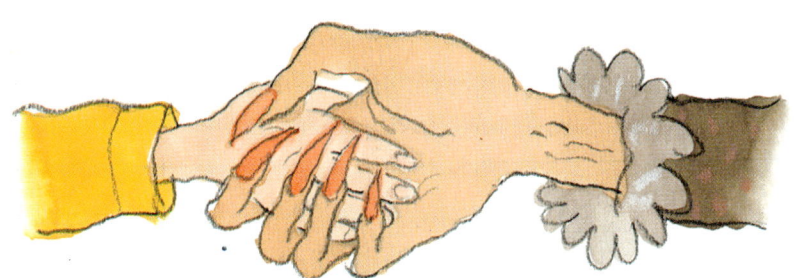

3

Il faut sauver Léa !

De retour chez lui, Vincent explique le marché qu'il a passé avec la sorcière. Léa s'écrie, paniquée :

– Cent mensonges avant midi ? Mais tu ne pourras jamais !

– Penses-tu ! C'est super facile pour moi ! Je dois plutôt faire attention à ne pas en faire trop ! Attends !

Il ouvre son cartable et sort un carnet et un stylo.

– Je ferai un bâton à chaque mensonge ! Comme ça, je suis sûr de ne pas en oublier !

Léa commence à reprendre espoir. Soudain, une idée lui vient. Elle file dans sa chambre et rapporte des talkies-walkies.

– Tiens, prends-en un ! Ça nous permettra d'être toujours ensemble et je pourrai t'aider.

– Bonne idée ! fait Vincent en glissant la corde du talkie-walkie autour de son cou.

Il regarde sa sœur et lui dit en souriant :
— Tu sais, tu es plutôt mignonne avec ces champignons !

Aussitôt, celui qui se trouvait sur le nez de sa sœur disparaît avec un petit bruit, comme une bulle de chewing-gum qui éclate. Léa s'écrie :
— Génial ! Ça marche !
Vincent fait un bâton sur son carnet :
— Déjà un de moins ! Allez, à tout à l'heure !

Vincent sait déjà où il doit aller : au centre commercial, il est sûr de rencontrer une foule de personnes !

Quand il y arrive, la vue de tous ces gens qui entrent et sortent des magasins lui réchauffe le cœur.

– Au boulot ! se dit-il.

Et il s'approche d'un monsieur qui regarde une vitrine de disques.

– Pardon, M'sieur ! Vous avez l'heure, s'il vous plaît ? J'ai oublié ma montre !

— Neuf heures et quart ! répond l'homme sans remarquer que Vincent a la sienne à son poignet.

— Merci, M'sieur ! dit Vincent en faisant un deuxième bâton sur son carnet.

Puis il se dirige vers une grosse dame qui tire un petit chien.

— Oh ! Madame ! Quel joli chien ! J'en ai un pareil qui s'appelle Pantoufle !

— Ah oui ? répond la dame. Le mien se nomme Croûton.

Sans perdre
de temps, Vincent
appelle un homme
qui passe près de lui :
– M'sieur ! M'sieur !
L'homme se retourne et Vincent
s'écrie :

– Oh ! pardon ! J'ai cru que vous étiez mon maître !

Il sent qu'il a plein d'idées. Il continue à dire des mensonges à toutes les personnes qui passent :

– N'utilisez pas cette lessive, M'dame ! Ma mère m'a dit qu'elle sentait la sardine !

– Pardon, M'sieur ! Vous n'auriez pas deux francs ? Je n'ai rien mangé depuis trois jours !

– Madame ! Il y a un chien qui vient de faire pipi sur votre caddie !

Au bout d'une heure, Vincent appelle sa sœur avec le talkie-walkie :

– Léa, j'ai fait trente mensonges. Combien as-tu de champignons en moins ?

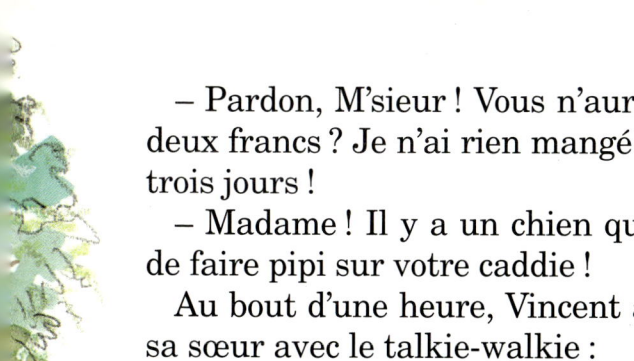

Léa lui répond, tout excitée :
— Il y en a trente de partis ! Continue !
— Tu vois, dit Vincent, on va y arriver.

Mais Vincent ne se doute pas que quelqu'un n'est pas de son avis. Dans sa maison toute noire, la sorcière est assise devant une boule de cristal et elle suit le garçon dans ses moindres gestes. Elle murmure entre ses vilaines dents :
— Tu vas voir ce que tu vas voir, espèce de sale microbe véreux !

4

La revanche de la sorcière

Vincent s'approche d'une dame qui vient d'acheter des fruits. Il lui chuchote :
– Attention, Madame ! Il y a un fruit pourri dans votre sac ! Vous devriez le changer !
Puis il part en cochant un bâton supplémentaire.
Chez elle, la sorcière éclate d'un rire féroce. Dans sa boule de cristal, elle a vu le sac de fruits de la cliente. Elle récite :

– Pêchi-pêcha, pourri-pourra, beau fruit, tu te gâteras !

Et lorsque la dame ouvre son paquet pour vérifier, elle trouve un fruit pourri, comme Vincent le lui avait dit. Furieuse, elle va l'échanger aussitôt.

Vincent n'a rien vu, mais il entend la voix de sa sœur dans le talkie-walkie :

– Vincent, Vincent ! Il y a un champignon qui est revenu !

– Quoi ? Ce n'est pas possible !

– Si, je te jure ! Il a d'abord disparu de mon bras, puis, pof ! il s'y est remis !

Soudain, Vincent sent qu'on lui tape sur l'épaule : c'est la cliente aux fruits. Elle lui sourit :

– Merci, mon petit, de m'avoir prévenue ! Pourtant, je croyais que j'avais fait attention.

Vincent n'y comprend rien. Si un champignon avait disparu, c'est qu'il avait dit un mensonge au départ. Et une pêche ne pourrit pas en quelques secondes, ou alors, ce serait de… la magie !

« Ça, c'est un coup de la sorcière ! » devine Vincent.

Alors, vite, il va s'asseoir près d'un homme qui lit un journal, pour essayer un nouveau mensonge.

– M'sieur ! Vous avez un trou à votre chaussette ! Ça se voit drôlement !

L'homme baisse son journal et dit :
— Si c'est une blague, elle n'est pas drôle !
Au même moment, la sorcière récite face à sa boule :

— Chaussetti-chaussetta ! En un instant, tu te troueras !
L'homme regarde sa chaussette et découvre qu'elle a un gros trou devant. Il se lève et s'en va, furieux.
Aussitôt, Vincent appelle sa sœur sur le talkie-walkie. Léa est désespérée :
— Vincent, il y a encore un champignon qui est parti et revenu !

Vincent serre les dents. Jamais il n'y arrivera si la sorcière continue ainsi. Il se dit : « Je dois trouver des mensonges qu'elle ne peut pas réaliser. Voyons... Si elle peut changer le futur ou le présent, elle ne peut pas changer le passé ! »

Et en suivant cette nouvelle idée, Vincent continue à s'adresser aux personnes qui l'entourent.

– Bonjour, M'sieur ! J'ai acheté ce livre à Pâques ! Il est super !

Il attend un petit moment, puis il appelle sa sœur. Léa lui répond :

– Ça a marché ! Mais dépêche-toi, il est déjà onze heures et j'ai encore plein de champignons partout !

Devant sa boule de cristal, la sorcière se frotte le menton.
– Bien joué, petit rat d'égout dégoûtant ! Mais je n'ai pas dit mon dernier mot !
Elle murmure à voix basse, en remuant ses doigts comme des pattes d'araignée :
– Cordi-corda ! Tout de suite tu te casseras !

Aussitôt, la corde se casse et le talkie-walkie tombe par terre. Vincent le ramasse. Il essaie d'appeler sa sœur, mais il n'entend qu'un grésillement.

« Oh non ! se dit-il. Il est fichu ! Léa ne peut plus m'aider maintenant ! »

5

Le mensonge manquant

Vincent n'a plus le droit à l'erreur. Heureusement, il sait comment il doit mentir pour ne pas se faire piéger par la sorcière. Il va dans un magasin de jouets et cette fois, il parle avec des enfants.
– Tiens, j'ai eu le même train à Noël !
– Ma sœur avait la même poupée, mais elle l'a cassée la semaine dernière !

Et ainsi de suite.

Mais la sorcière a plus d'un tour dans sa boule ! Quand elle voit Vincent s'approcher du rayon des peluches, elle récite :

– Oubliri-oublira, ton souvenir s'effacera !

Et Vincent oublie immédiatement tous les jouets qu'il avait quand il était petit. Il s'approche d'un garçon et lui dit :

– J'avais le même ours à ton âge.

Puis il part en ajoutant un bâton à sa liste. Il ne sait pas que cette fois il a dit la vérité. Ses parents lui avaient offert le même ours pour ses quatre ans.

FIELD FUBLIC LIBRARY
59 ECOLE, FIELD ON
P0H 1M0

Achevé d'imprimer en février 1998 par OBERTHUR Graphique
35000 Rennes - N° 1394
Dépôt légal : mars 1996 - N° d'éditeur 3353
Imprimé en France

 *Tous les mois, la lecture plaisir avec le magazine de ton choix*

J'Aime Lire
Dès 7 ans.
*Gourmand de lecture ? Dévore chaque mois dans **J'Aime Lire**, un vrai roman inédit, croque les jeux de Bonnemine et savoure l'irrésistible BD de Tom-Tom et Nana.*

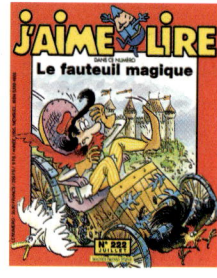

Astrapi
Dès 7 ans.
*Lis, ris et grandis avec **Astrapi** ! Pour tout comprendre, ses « petits savoirs » te disent tout sur les sciences, la nature, l'histoire et la santé... Et avec ses BD, jeux, bricolages, actualités, Astrapi, c'est garanti sans ennui !*

Images Doc
Dès 8 ans.
*Passionné de découvertes ? Pars avec **Images Doc** à la rencontre des richesses du monde à travers de superbes documents-photos sur les animaux, l'histoire, la géographie, les sciences...*

Si tu veux recevoir un magazine en cadeau ou t'abonner, tél. : 01 44 21 60 00

Dans la série J'aime lire de Bayard Poche, il y a plein de livres que tu vas adorer !

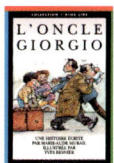

Des livres d'humour
L'oncle Giorgio (JL 10)
L'oncle Giorgio est allergique aux enfants.
Catastrophe, il est obligé de recevoir
son neveu et sa nièce !
Écrit par Marie-Aude Murail et illustré par Yves Besnier.

Des livres fantastiques
La bibliothèque ensorcelée (JL 35)
Ce vendredi 13, Aurore Coquille, la bibliothécaire,
ne se doute pas que le livre qu'on lui demande
va l'entraîner dans une véritable chasse aux sorcières.
Écrit par Évelyne Reberg et illustré par Maurice Rosy.

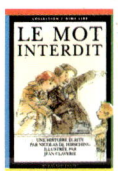

Des livres frissonnants
Le mot interdit (JL 6)
Pas de mot se terminant en « eur ».
C'est la règle du jeu. Un jeu qui peut devenir
dangereux pour Thierry.
Écrit par Nicolas de Hirsching et illustré par Jean Claverie.

Des livres d'aventure
C'est la vie, Julie (JL 1)
Ce matin, tout va mal, et Julie
est loin de se douter qu'elle sera
ce jour-là l'héroïne de folles aventures !
Écrit par Évelyne Reberg et illustré par Boiry.

Et n'oublie pas, dès 9/10 ans, les séries Je bouquine et Chair de poule !

LE BOULANGER DE ROC-NOIR
Il y a deux siècles, sur l'île de Roc-Noir, Isabelle, la petite orpheline, construit une cabane dans les dunes avec ses amis... Une cabane si réussie qu'ils décident même d'y dormir. Mais Daniel, le fils du boulanger, vient les avertir qu'un fantôme à la tête coupée rôde la nuit sur la plage, au pied de la citadelle où le redoutable gouverneur de l'île tient enfermés ses prisonniers. Seule Isabelle se sent prête à affronter le danger...

Une histoire écrite par Guy Jimenes
et illustrée par Yves Beaujard.

LE ROYAUME DES DEVINETTES
Obo est un garçon si laid que personne ne veut l'aimer. Mais il joue si bien de la flûte qu'un vieillard le met au défi de délivrer Or, la divine princesse prisonnière du roi Riorim. Ce roi, mi-homme mi-crapaud monstrueux, coupe la tête de tous ceux qui ne savent pas répondre à ses terribles devinettes... Heureusement, sous la laideur d'Obo se cache une grande intelligence. Et dans sa poche, il a sa flûte...

Une histoire écrite par Évelyne Reberg
et illustrée par Mette Ivers.

Dans la même collection
J'aime lire

UN DIABLE AU GARAGE GROG
Pour s'amuser, un diable sème le désordre dans la ville. Tout le monde est agacé par ses diableries. Hector, un jeune mécanicien très malin, découvre la cachette du diable et lui vole ses cornes. Mais le diable a plus d'un tour dans son sac, Hector aussi.

Une histoire écrite par Évelyne Reberg
et illustrée par Michel Guiré-Vaka.

LA CHARABIOLE
Petites lunettes, cartable ciré : Quentin Corbillon est un élève modèle. Il sait tout, il a 20 en tout, et il révise même ses leçons pendant les récréations. Bien sûr, la maîtresse le chouchoute... Jusqu'au cours de mathématiques où Quentin répond que les triangles ce sont des « chioukamards à gloupions... ». Depuis ce jour-là, Quentin ne parle plus que dans un incroyable charabia que personne ne comprend. Professeurs, parents, docteurs, tout le monde s'affole. Comment guérir Quentin de cette drôle de maladie ?

Une histoire écrite par Fanny Joly
et illustrée par Claude et Denise Millet.

Vincent file chez lui, sans perdre de temps. À mi-chemin, il voit sa sœur qui arrive en courant. Elle s'écrie :

– Eh bien, dis donc ! On l'a échappé belle ! J'ai bien cru que tu avais oublié l'heure.

– Moi ? Oublié ? Jamais de la vie ! Je suis un chef, j'avais tout prévu !

Et en même temps, il se dit en souriant :

« Ça fait le cent-unième mensonge ! Il faudrait peut-être que je m'arrête maintenant ! »

Je t'ai suivi sans arrêt et j'ai bien compté.

– Et le dernier ? ajoute Vincent. En entrant, j'ai dit que j'avais fait cent mensonges : ce n'était pas vrai, c'était un men-son-ge ! Mon centième mensonge !

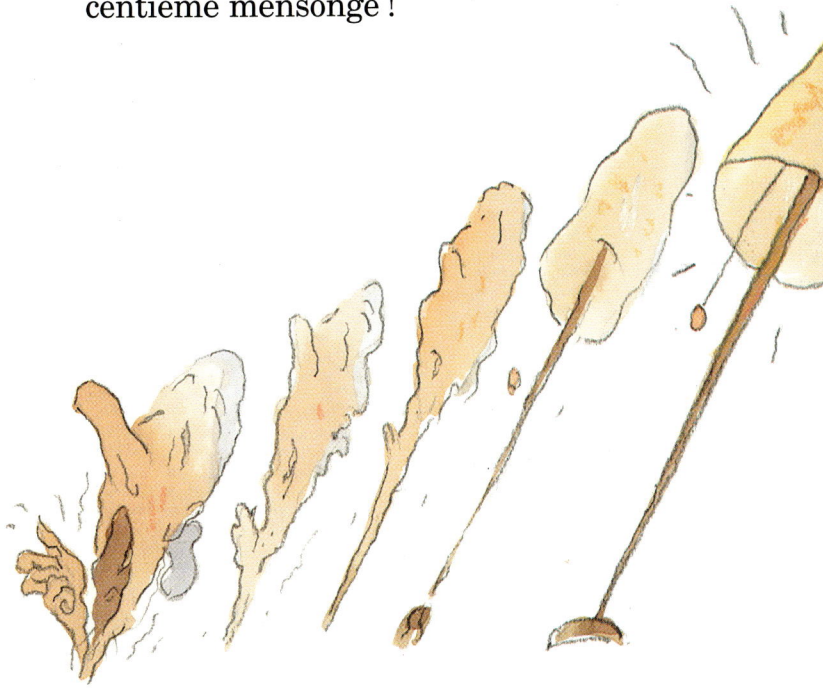

– Oh ! Non ! hurle la sorcière en s'arrachant les poils du menton.

Soudain ses jambes se collent l'une contre l'autre, ses bras se raidissent et s'entourent d'un voile noir. Deux secondes après, elle a pris la forme d'un lampadaire.

La sorcière bat des mains.
– Perdu ! Tu as perdu ! Il t'en manque un ! Hi ! Hi ! Hi !

Vincent est désespéré. Il s'imagine prisonnier de la sorcière, avec sa sœur, et condamné pendant vingt ans aux travaux forcés... Et tout ça parce qu'il manque un mensonge ! Soudain, il a une idée. Il s'écrie :
– Mais non ! Vous avez oublié un mensonge !
– Quoi ? s'étrangle la sorcière. Impossible !

– Attends ! fait la sorcière. On va voir ça !
Elle l'entraîne devant la boule de cristal :
– Regarde un peu à l'intérieur !

Et là, soudain, Vincent se reconnaît. C'est lui qui parle avec l'enfant au rayon des jouets. Il s'entend même dire :
– J'avais le même ours à ton âge !

Puis l'image s'efface et une autre apparaît : celle de Vincent, tout petit, avec le même ourson dans les bras. Mais cet ours, il l'avait oublié...

6

Le dernier mensonge

La sorcière se frotte les mains. Son plan a parfaitement réussi. Désormais, Vincent et Léa lui appartiennent. Elle ouvre la porte en souriant méchamment :

– Entre, mon mignon ! Entre !

Vincent se précipite à l'intérieur en brandissant son carnet :

– J'ai réussi ! J'en ai cent tout rond !

– Il est presque midi, Vincent ! Dépêche-toi, il manque encore un mensonge ! Allez, réponds-moi !

Mais Vincent n'entend pas, il a déjà sonné chez la sorcière…

Devant sa boule de cristal, la sorcière ricane :
– Hi ! Hi ! Et voilà, mon mignon poulet pouilleux ! Je t'attends maintenant !

Vincent regarde sa montre : il est midi moins dix ! Vite, il compte ses bâtons : 98 ! Il lui en manque deux ! Sans perdre une seconde, il raconte deux autres mensonges, puis il se rend en courant chez la sorcière.

« Ouf ! pense-t-il, soulagé. Léa ne doit plus avoir un seul champignon, maintenant ! »

Il se trompe… Léa, devant son miroir, observe sur son front le dernier champignon. Elle trépigne en secouant son talkie-walkie :